AF358219

Vente du Mardi 22 Octobre 1895

HOTEL DROUOT, SALLE N° 9

A DEUX HEURES 1/4

Dessins

AQUARELLES

TABLEAUX, PASTELS

Lithographies

DE

BRÉAUTÉ, Marcel CAPY, F. GARAT, GRAVELLE
F. LACROIX, LUNEL, J.-F. MILLET, OGÉ
Henri RIVIÈRE, RŒDEL, H. SOMM, STEINLEIN, A. WILETTE, etc.

<table>
<tr><td>Jules GUILLET</td><td>M. CUÉREL</td></tr>
<tr><td>COMMISSAIRE-PRISEUR</td><td>EXPERT</td></tr>
<tr><td>5, Rue Fénélon, 5</td><td>10, Rue Eugène-Sue, 10</td></tr>
</table>

EXPOSITION PUBLIQUE

Le Lundi 21 Octobre 1895 de 2 à 6 h.

CONDITIONS DE LA VENTE

La vente sera faite *expressément* au comptant.

Les acquéreurs payeront en sus des adjudications *cinq pour cent*.

L'exposition mettant le public à même de se rendre compte de l'état des objets, il ne sera admis aucune réclamation une fois l'adjudication prononcée.

Paris. — Imp. E. Ménard & Cie, 8, rue Milton.

DESSINS

1 — BOURGAIN. L'Hôpital à bord.

GARAT (Francis)

2 — Le Marchand d'abat-jour.

3 — Sur le boulevard de Clichy.

4 — GAVARNI (Attribué à). Une Explication.

GRAVELLE

5 — État naturel. Deux originaux.

6 — Petit bob et l'Abbé. Série de quatre des-
sins.

7 — Cinq originaux du Journal *La Sociale*.

8 — Le Gêneur.

9 — Le Bouffe galette.

10 — Le Mont-de-Piété.

11 — Nos bons Auvergnats.

12 — HENRICUS. La Misère.

13 — HEIDBRINCK. Croquis.

14 — LHERMITTE (Attribué à). Retour des Champs.

LUNEL

15 — Au Café.

16 — Au Bord de la mer.

17 — Au Concert.

18 — MILLET (J.-F.). Étude de mains.

OGÉ

19 — Au Cabaret.

20 — La Chouette.

TABLEAUX

BREAUTÉ (A.)

CAPY (Marcel)

64 — Saint-Ouen.

65 — Intérieur d'Église.

66-68 — Trois Études.

LACROIX (Fréd.)

69 — La Pointe de l'île Saint-Denis.

70 — Le Pont de Saint-Denis.

71 — Au Bal.

72 — La Veillée.

73 — La Marchande de nougats.

AQUARELLES

74 — CICERI. Paysage.

75 — MARIUS (Étienne). Le Moulin de la Galette.

76 — RŒDEL (Aug.). Études.

SOMM (Henry)

77 — Dans la Neige.

78 — Deux croquis.

79 — Au Moulin Rouge.

80 — Le Trottin.

81 — La Modiste.

82 — Les Z'homards.

83. — Par la Nuit.

84 — Au Bois.

85 — Aux Champs-Élysées.

86 — A Montmartre.

87 — La Bicycliste.

88 — Au Casino de Paris.

89 — Femme artiste.

90 — Aux Folies-Bergère.

91 — Au Théâtre.

92 — Boulevard Clichy.

GARAT (Francis)

93 — L'Accident.

94 — Le Ballon.

95 — Le Régiment qui passe.

96 — Les Tuileries.

97 — Vues d'Espagne.

98 — Fontaine Saint-Michel.

99 — Le Mât de Cocagne.

100 — Dix vues de Paris.

101 — Dix vues des Fortifications.

102 — Le Sacré-Cœur.

103 — Le Lion de Belfort.

104 — La Place de la Bastille.

105 — La Place de la Concorde.

PASTELS

LACROIX Fréd.

106 — Les Lutteurs.

107 — Négresse.

108 — Au Bois.

109 — Femme couchée. Étude.

110 — La Lettre.

111 — Tête de femme. Étude.

TURMANN

LITHOGRAPHIES

RŒDEL (Aug.)

121 — Les Joies du Calendrier. (Douze épreuves sur Chine. Couverture sur Japon).

N° 19 tiré à 100 exemplaires.

122 — SOMM (HENRY). Vue de Saint-Maurice. (Pointe sèche).

N° 2 tiré à 3 exemplaires.

123 — WILLETTE (A.). La Revue déshabillée. (Épreuve sur Chine).